VENTE

Du Jeudi 4 Juin 1908

HOTEL DROUOT SALLE N° 10

A 2 HEURES 1/2

┿┼┿

Collection de feu M. POUBELLE

Ancien Préfet de la Seine

Tableaux Modernes

COMMISSAIRE-PRISEUR

M° HENRI BAUDOIN

Successeur de M° PAUL CHEVALLIER

EXPERTS

MM. J. CHAINE & SIMONSON

CATALOGUE

DES

Tableaux Modernes

par

ANDRIEU, K. BODMER, E. BOUDIN, R. CHRÉTIEN,

C. DE COCK, C. COROT, A COUDER, G. COURBET, K. DAUBIGNY

E. DELACROIX, A. FEYEN-PERRIN,

J.-P. LAURENS, E. LAVIEILLE, LEFORTIER, S. LÉPINE, B. OLIVE,

F. ROYBET, J. ROZIER,

P. VAUTHIER, VERNIER, WASHINGTON

COMPOSANT LA

Collection de feu M. POUBELLE

Ancien Préfet de la Seine

ET DONT LA VENTE AURA LIEU A PARIS

HOTEL DROUOT, SALLE N° 10

Le Jeudi 4 Juin 1908, à 2 heures 1/2

COMMISSAIRE-PRISEUR	EXPERTS
Mᵉ HENRI BAUDOIN	MM. J. CHAINE & SIMONSON
Successeur de Mᵉ Paul CHEVALLIER	19, rue Caumartin
10, rue Grange-Batelière	PARIS

EXPOSITION PUBLIQUE

Le Mercredi 3 Juin 1908, de 1 h. 1/2 à 5 h. 1/2

CONDITIONS DE LA VENTE

Elle sera faite *au comptant.*

Les adjudicataires paieront *dix pour cent* en sus des enchères.

L'exposition mettant le public à même de se rendre compte de l'état et de la nature des objets, il ne sera admis aucune réclamation, une fois l'adjudication prononcée.

Paris. — Imp. de l'Art, CH. BERGER ET Cⁱᵉ, 41, rue de la Victoire.

DÉSIGNATION

TABLEAUX MODERNES

ACHARD (?)

1 — *Une Mare.*

Sous la signature, on retrouve les lettres : *J. Th...*

Toile. Haut., 30 cent.; larg., 20 cent. 1/2.

ANDRIEU

2 — *Lion et tigre attaquant des cavaliers arabes.*

Toile. Haut., 1 m. 40 cent.; larg., 2 m. 6 cent.

3 — *Crucifiement.*

Derrière la toile, le cachet de la vente faite après le décès de l'artiste.

Toile. Haut., 43 cent.; larg., 30 cent.

4 — *Projet de décoration. Étude.*

ANDRIEU

5 — *Projet de décoration. Étude.*

> Derrière la toile, le cachet de la vente faite après le décès de l'artiste.

> Toile. Haut., 53 cent.; larg., 64 cent.

BERTHÉLEMY (E.)

6 — *Un Port à marée basse.*

> Signé à droite.

> Carton. Haut., 24 cent.; larg., 48 cent.

7 — *Plage à marée basse.*

> Signé à gauche.

> Carton. Haut., 23 cent.; larg., 41 cent

8 — *Ruisseau dans les roches sous bois.*

> Signé à droite.

> Bois. Haut., 33 cent.; larg., 46 cent.

9 — *Gros temps à Fécamp.*

> A droite, signature effacée.

> Carton. Haut., 29 cent.; larg., 45 cent.

BERTHÉLEMY (E.)

10 — *Barques de pêche en pleine mer.*

Signé à gauche.

Toile. Haut., 28 cent.; larg., 45 cent.

11 -- *Le Sémaphore.*

Signé à droite.

Carton. Haut., 27 cent.; larg., 45 cent.

12 — *La Falaise de Mers.*

Signé à droite.

Carton. Haut., 24 cent.; larg., 24 cent.

BODMER (K.)

13 — *Une Mare dans la forêt de Fontainebleau.*

Signé à gauche.

Toile. Haut., 51 cent. ; larg., 71 cent.

BOUDIN (E.)

14 — *Pêcheuses de Berck.*

Signé à gauche et daté : *86.*

Bois. Haut., 19 cent. 1/2 ; larg., 33 cent.

BOUDIN (E.)

15 — *Le Port de Trouville.*

Signé à droite. Daté : *1884.*

Toile. Haut., 46 cent.; arg., 65 cent.

16 — *Le Port de Honfleur.*

Signé à droite.

Bois. Haut., 21 cent. 1/2; larg., 35 cent.

17 — *Une Ferme en Normandie.*

Signé à droite.
Panneau parqueté après cassure.

Haut., 26 cent.; larg., 40 cent. 1/2.

18 — *Laveuses au bord de la Touques.*

Signé à droite.

Bois. Haut., 13 cent. 1/2; larg., 21 cent.

CHRÉTIEN (R.)

19 — *Nature morte. Nèfles.*

Signé à droite.

Toile. Haut., 24 cent.; larg., 34 cent.

COCK (César de)

20 — *La Mare aux chevreuils.*

Signé à droite. Daté : *1873.*

Toile. Haut., 43 cent.; larg., 63 cent.

COROT (C.)

21 — *Cours d'eau boisé; environs d'Arras.*

Signé à gauche.
Toile collée sur carton.

Haut., 25 cent.; larg., 34 cent.

COUDER (A.)

22 — *Intérieur de cuisine.*

Signé à droite.

Toile. Haut., 55 cent.; larg., 65 cent.

COUDER (A.)

23 — *Bouquet de fleurs des champs.*

Signé à gauche.

Toile. Haut., 65 cent.; larg., 54 cent.

COURBET (G.)

24 — *Un Ruisseau dans les rochers.*

> Belle esquisse entièrement faite au couteau à palette. Signée à gauche.
>
> Toile. Haut., 60 cent. 1/2; larg., 40 cent. 1/2.

24 bis — *Barques de pêche près des falaises.*

> Toile. Haut., 50 cent.; larg., 78 cent.

DAUBIGNY (Karl)

25 — *Paysage.*

> Porte le cachet de la vente après le décès de l'artiste.
>
> Bois. Haut., 25 cent.; larg., 49 cent.

26 — *Prairie; effet de soleil couchant.*

> A gauche, le cachet de la vente faite après le décès de l'artiste.
>
> Toile. Haut., 50 cent.; larg., 80 cent.

27 — *Animaux au bord de la rivière.*

> Esquisse.
> A droite, le cachet de la vente faite après le décès de l'artiste.
>
> Bois. Haut., 38 cent.; larg., 64 cent.

DELACROIX (E.)

28 — *Angélique et Roger.*

Esquisse sur papier marouflé sur toile.

Haut., 25 cent. 1/2 ; larg., 32 cent. 1/2.

(*Vente Andrieu, n° 169 du Catalogue.*)

29 — *Faust, Méphisto et le barbet.*

Esquisse.

Carton. Haut., 37 cent. ; larg., 29 cent.

(*Vente Andrieu, n° 180 du Catalogue.*)

DELESSARD (A.)

30 — *Plage à marée basse.*

Signé à droite.

Bois. Haut., 22 cent. ; larg., 33 cent.

FAURE (Eugène)

31 — *Paysage.*

Signé à gauche.
Papier collé sur bois.

Haut., 23 cent. ; larg., 30 cent.

FEYEN-PERRIN (A.)

32 — *Retour de la pêche.*

    Signé à droite.

        Bois. Haut., 65 cent. ; larg., 39 cent.

33 — *Femme couchée, vue de dos.*

    Signé à droite.

        Carton. Haut., 28 cent. 1/2 ; larg., 50 cent.

34 — *Pêcheuses de crevettes attendant la mer basse.*

    Signé à gauche.

        Toile. Haut., 41 cent.; larg., 56 cent.

35 — *Pêcheuses au bord de la mer.*

    Signé à droite.

        Toile. Haut., 45 cent.; larg., 68 cent.

GONTIER

36 — *Fleurs des champs.*

    Signé à gauche.

        Toile. Haut., 65 cent.; larg., 54 cent.

INCONNU

37 — *Portrait de Femme. Époque du Premier Empire.*

> Toile. Haut., 65 cent.; larg., 55 cent.

IWILL

38 — *Barques de pêche. Temps calme.*

> Signé à droite.
> Pastel.
>> Haut., 49 cent.; larg., 73 cent.

LAURENS (J.-P.)

39 — *La Lecture de l'arrêt.*

> Signé à droite.
>> Toile. Haut., 33 cent.; larg., 41 cent.

40 — *Personnage en costume Louis XVI.*

> Signé à gauche. Daté : *1891.*
>> Toile. Haut., 40 cent.; larg., 27 cent.

LAVIEILLE (E.)

41 — *La Gelée blanche ; soleil couchant.*

Signé à gauche. Daté : *1856.*

Bois. Haut., 36 cent. 1/2 ; larg., 66 cent.

LEFORTIER

42 — *Cours d'eau sous bois.*

A gauche, le cachet de la vente faite après le décès
de l'artiste.

Toile. Haut., 80 cent. ; larg., 1 m. 25 cent.

LÉPINE (S.)

43 — *Un Port.*

Signé à droite.

Toile. Haut., 18 cent. ; larg., 29 cent. 1/2.

44 — *Le Pont Marie. Ile Saint-Louis.*

Signé à droite.

Toile. Haut., 29 cent. ; larg., 48 cent.

MARTIN (F.), dit Martin-Kavel

45 — *Nature morte ; fleurs et objets en cuivre.*

Signé à gauche. Daté : *80.*

Toile. Haut., 55 cent.; larg., 46 cent.

MICHEL (Émile)

46 — *Pommiers en fleurs.*

Signé à droite.

Toile. Haut., 44 cent.; larg., 65 cent.

NANTEUIL (Attribué à)

47 — *Don Quichotte.*

Non signé.

Bois. Haut., 24 cent.; larg., 17 cent. 1/2.

OLIVE (B.)

48 — *Un vapeur échoué sur les côtes de la Médi-terranée.*

Signé à droite.

Toile. Haut., 50 cent.; larg., 74 cent.

OLIVE (B.)

49 — *Les Côtes de la Méditerranée.*

>> Signé à gauche.

>>> Bois. Haut., 38 cent. 1/2 ; larg., 61 cent.

50 — *Le Grand Canal à Venise.*

>> Signé à gauche.

>>> Bois. Haut., 22 cent. 1/2 ; larg., 39 cent.

ROYBET (F.)

51 — *Combat de chevaliers.*

>> Signé à gauche.

>>> Toile. Haut., 88 cent.; larg., 1 m. 16 cent.

ROZIER (Jules)

52 — *La Prairie.*

>> Au bord d'un ruisseau, des blanchisseuses lavent leur linge ; à droite, des vaches gardées par des enfants assis sur l'herbe.

>> Signé à gauche. Daté : *1859.*

>>> Bois. Haut., 36 cent.; larg., 57 cent.

VAUTHIER (Pierre)

53 — *Un Coin de quai de déchargement dans l'Ile Saint-Louis.*

Signé à droite.

Toile. Haut., 32 cent.; larg., 46 cent.

VERNIER (E.)

54 — *Le Vieux Moulin, à Maisons-Laffitte.*

Signé à droite.

Toile. Haut., 32 cent.; larg., 56 cent.

WASHINGTON (G.)

55 — *Marine.*

Signé à droite.

Toile. Haut., 61 cent.; larg., 50 cent.

56 — Sous ce numéro seront vendus des Cartons de Gravures, Plans et Documents concernant la Ville de Paris.